DYLAN DILEMMA

Tip TONGUE

DES ROMANS QUI PASSENT PETIT À PETIT EN ANGLAIS

Tip Tongue, c'est un voyage en immersion
Le héros, un jeune Français comme le lecteur, part en voyage dans un pays étranger et vit une aventure aux côtés de personnages qui parlent... anglais. Comme dans la vraie vie !

Avec Tip Tongue, lire de l'anglais devient naturel
Pas besoin de dictionnaire ! Au début du roman, la langue étrangère se trouve seulement dans les dialogues, puis elle entre petit à petit dans la narration. Le lecteur comprend tout grâce aux stratégies des personnages pour communiquer. Le dernier chapitre est à 100 % en anglais.

L'audio-book
Chaque titre offre une version intégrale audio téléchargeable. Un véritable bain de langue avec des accents authentiques pour découvrir comment se prononce un mot en langue étrangère au moment où on le lit !

SYROS LIVE

TÉLÉCHARGEZ L'APPLI SYROS LIVE ET SCANNEZ LA COUVERTURE DES ROMANS POUR OBTENIR LEUR VERSION AUDIO.

Tip Tongue se décline en anglais, espagnol, allemand... et pour tous les âges, de 8 à 17 ans.

La collection a obtenu en 2015 le **Label européen des langues**, récompensant l'excellence en matière d'apprentissage innovant. Chaque roman correspond à un niveau cible du **CECRL** (Cadre européen commun de référence pour les langues), sur lequel sont basés les programmes scolaires :

A1 (primaire et 6e), A2 (collège), B1 (lycée).

Se passionner

S'immerger

S'amuser

Être en empathie avec les personnages

Partager

Être encouragé, motivé

Être bienveillant

Répéter

Être créatif

Lire de bonnes histoires

S'améliorer

TIP TONGUE, C'EST UN ÉTAT D'ESPRIT : PLAISIR, CURIOSITÉ, CONFIANCE EN SOI !

Tip TONGUE

Une collection dirigée par Stéphanie Benson

Label européen des langues

En partenariat avec l'UFR Langues et Civilisations
Université Bordeaux-Montaigne.

www.tiptongue.u-bordeaux-montaigne.fr

Université BORDEAUX MONTAIGNE

Couverture illustrée par Anne-Lise Nalin

ISBN : 978-2-74-852389-8

92, avenue de France, 75013 Paris

STÉPHANIE BENSON

DYLAN DILEMMA

SYROS

Chapter One

GOOD MORNING AMERICA

Freedom! Liberté ! Freiheit ! (Hé oui, je fais de l'allemand aussi.) C'est le sentiment qui m'envahit, comme une immense vague qui me submerge, me laisse sans voix. Je suis libre !

Derrière moi, de l'autre côté de la vitre sécurisée, ma mère fait des signes désespérés que je feins de ne pas remarquer. Devant moi, un agent de sécurité me demande :

– Have you got a smartphone, a computer, any electronic devices?

Je ne capte que « electronic », mais j'ai déjà compris ses questions grâce aux panneaux qui ponctuent le chemin vers la zone d'embarquement. L'unique appareil électronique en ma possession est mon téléphone portable que j'ai chargé à bloc avant de partir. Je le dépose dans le bac prévu à cet effet. L'agent de sécurité poursuit :

– Could you remove your jacket and your shoes, please?

En mimant les gestes, il me montre que je dois enlever ma veste et mes chaussures.

J'aurais dû comprendre. D'autant plus que l'on travaille le vocabulaire des vêtements depuis l'école primaire (jacket, shirt, trousers, dress, shoes) et que je ne suis pas si nulle que ça en anglais (sinon maman n'aurait jamais accepté que je parte seule à New York), mais hors de la salle de cours d'anglais, j'ai l'impression que mon cerveau se frigorifie de peur, qu'il devient un glaçon et que plus aucune information ne passe. En plus, je parierais que l'agent de sécurité est français. Mais bon, il s'adresse à moi en anglais, je ne vais quand même pas m'humilier en lui demandant de tout reprendre dans ma langue. Allez, cerveau, détends-toi. Fais quelques pompes. Tu peux y arriver, ce n'est que de l'anglais.

– My jumper too? je demande en passant en revue le lexique vestimentaire, et en lui proposant d'enlever aussi mon pull.

Le type me regarde, légèrement gêné.

– No, that's okay, Miss. You can go through the metal detector.

Je regarde ma veste, mes chaussures et mon sac à dos disparaître dans l'appareil à rayons X et me dirige vers le portique muni d'un détecteur de métal. Je me sens incroyablement légère (et pas uniquement parce que je me suis délestée de mes affaires). Je l'ai fait ! J'ai parlé en anglais ! I did it!

– Honestly, officer, do you want me to take all my clothes off?

L'agent pique un fard à l'idée de se retrouver face à une Américaine d'un certain âge toute nue, mais répond avec beaucoup de dignité :

– No, Madam, just your coat and your shoes. And perhaps your jewellery too.

La dame déboutonne son manteau puis s'emploie à enlever bagues, bracelets, colliers et boucles d'oreilles qui ornent sa personne.

J'ai franchi le portique – sans déclencher la sonnerie, ouf – avant qu'elle en finisse, et je renoue mes Dr. Martens lorsqu'elle apparaît à mes côtés en pestant :

– Do they really imagine I'd put a bomb in my earrings? Darling, could you help me, I can't seem to put the damned thing back in?

Encore un petit effort, cerveau, ça ne doit pas être si difficile ! Elle me montre son oreille percée dans laquelle, de toute évidence, elle ne parvient pas à remettre sa boucle d'oreille. Et elle se demande s'il est vraisemblable de cacher une bombe dans ses boucles d'oreilles. Yes! Et elle veut que je l'aide. Tout simplement.

Je passe un bras dans la sangle de mon sac à dos et réponds :

– Of course.

J'introduis le fil d'or dans le lobe de la dame et secoue légèrement les brins diamantés pour qu'ils tombent comme il faut. Ses boucles d'oreilles sont super-jolies.

– Oh, you're wonderful! Thank you! Here!

Et elle me tend la deuxième cascade brillante. Je répète mon geste, elle est de nouveau bijoutée comme il faut.

– My late husband gave me these earrings just before he died, me confie-t-elle d'une voix de conspiratrice. So I like to wear them, especially when I'm in places he liked so much. Like Paris.

Je fronce les sourcils. « Husband », je connais, ça veut dire « mari ». Et « late », « en retard ». Quand on arrive en retard au cours d'anglais, il faut dire « Sorry, I'm late ». Mais un mari en retard qui lui offre des bijoux, c'est tout de même étrange ? Ou alors c'est pour s'excuser ? Puis je me souviens de la suite de la phrase. « Before he died. » « Avant qu'il soit mort. » Avant de mourir, plutôt. Donc, collé à « husband », « late » doit vouloir dire « regretté » ou « défunt ». Ça y est, j'y suis, elle porte le cadeau de son défunt mari quand elle est dans un endroit qu'il aimait, comme Paris.

– He was a very generous man, poursuit-elle, nullement gênée par mon mutisme.

Je souris. J'ai compris. Merci cerveau ! Continue comme ça !

– Well, thank you again, répète-t-elle avant de s'éloigner vers les boutiques duty-free (« libres de taxes » en français) qui scintillent de mille feux au-delà de la zone de sécurité.

– You're welcome, je murmure, trop tard pour qu'elle puisse m'entendre.

Pas grave. Au moins, j'ai trouvé la bonne phrase pour dire « de rien ».

Je remplis mes poumons de cet air parfumé de maquillage de luxe et je savoure ce moment. D'autant plus que le plan au début était que je fasse le trajet jusqu'aux États-Unis en compagnie d'un Américain. Mais les gens qui m'accueillent ont changé d'avis, et je les remercie du fond du cœur. Je suis seule, je suis libre, et je vais passer deux semaines à New York. New York ! La ville la plus mythique des États-Unis ! Mieux encore, je vais vivre dans Greenwich Village (qui se prononce « Grenitch Villidj », et qui n'est pas du tout le village d'une « green witch », d'une sorcière verte !). Le cœur même de la scène artistique new-yorkaise. Le quartier des galeries d'art, des petites salles de concert et… du street art ! Banksy, TrustoCorp, Buff Monster, Blek le Rat. Tous les noms incontournables de l'art urbain ont laissé leur signature artistique sur les murs du Village. Ces noms ne te disent rien ? Ne t'en fais pas. Si tu vois leurs images, tu les reconnaîtras, ou du moins tu reconnaîtras en elles les reflets de notre temps. Le street art, c'est l'art de notre époque. Tu prends un train de banlieue, tu te balades le long d'un entrepôt ou dans les quartiers industriels d'une ville, n'importe laquelle, et elles sont là, sous tes yeux. Les graffs au pochoir ou à la bombe à main levée, les tags, les mosaïques, peu importe. Le street art te fait réfléchir, réagir ou simplement sourire, mais il ne laisse pas indifférent. Perso, j'en suis totalement fan. Au pire, c'est une réappropriation de la rue par ceux qui l'habitent, au mieux c'est une transformation artistique, voire politique de l'espace public. Et certains des exemples les plus spectaculaires de cet art urbain se trouvent à New York City, dans Greenwich Village, là où je vais.

Bien sûr, après m'être juré de ne rien acheter à l'aéroport (c'est malgré tout super-cher), je craque pour un magazine consacré aux beaux-arts, numéro spécial « arts de la rue ». Ça m'occupera pendant les six ou sept heures de vol.

La porte d'embarquement (« boarding gate ») finit par s'afficher et je rejoins la queue pour le dernier contrôle de billet, identité et visa avant le grand saut jusqu'aux States. Un nouveau couloir, un nouvel escalier métallique, et soudain j'y suis. Dans l'avion.

– Welcome aboard, me dit un steward juste trop beau. Your seat is in the middle of the row on the right hand side, row seventy-four.

Mon cerveau à présent légèrement dégelé saisit le sens des mots presque tout seul. Rangée soixante-quatorze, sur la droite, siège du milieu. J'avance à pas d'escargot derrière les autres passagers qui enfouissent sacs et manteaux dans les compartiments au-dessus de nos têtes, mettent un temps fou à s'asseoir, puis immédiatement changent d'avis et se relèvent en bloquant tout le passage.

J'arrive enfin à la rangée soixante-quatorze. Je plie ma veste, la fourre avec mon sac à dos dans le compartiment en hauteur, puis dis timidement à la personne assise côté couloir :

– Excuse me, please, I've got the middle seat.

J'ai employé la forme polie pour déranger un inconnu mais, contre toute attente, le regard qui se lève vers moi m'est tout à fait familier.

Chapter Two

WHAT A COINCIDENCE!

C'est la dame aux boucles d'oreilles, qui me reconnaît et me gratifie d'un large sourire.

– Well! What a coincidence! Here we are, thrown together again by the tides of destiny.

Puis elle baisse le ton et me fait un clin d'œil complice :

– We really must stop meeting like this.

Je dois afficher une expression d'incompréhension complète parce qu'elle reprend :

– It's a joke. When people meet, see each other, and it's a coincidence, they say that to show they're relaxed in each other's company.

To underline the fact that the meeting is a coincidence.

Tout d’un coup, la lumière se fait. Elle m’a dit qu’on doit vraiment arrêter de se rencontrer comme ceci. Ce qui est en fait une blague (« joke ») que les gens se disent pour souligner le fait que leur rencontre est le fruit du hasard. Je ne vois pas du tout ce qu’il y a de drôle, mais bon. Je souris et dis un peu platement :

– Yes.

Je me glisse à ma place en faisant attention à ne pas m’asseoir sur la ceinture de sécurité. Sur le siège suivant, collé au hublot, un jeune homme est recroquevillé sur lui-même, écouteurs enfoncés dans les oreilles et lunettes noires sur le nez (pas très utiles dans l’avion). Il ne réagit pas lorsque je repousse sa veste molletonnée, qui empiète sur mon siège, pour accéder à ladite ceinture de sécurité. D’après moi, c’est soit une star qui essaie de se faire passer pour un humain normal, soit un autiste – je penche pour la deuxième hypothèse.

Je me tourne vers la dame aux boucles d'oreilles et lui souris de nouveau. Elle a rouvert un journal américain qu'elle avait replié pour me laisser passer.

– Well, Bob Dylan has finally accepted the Nobel prize for literature, dit-elle en me montrant le titre de l'article.

Je reconnais les éléments essentiels de sa phrase. « Bob Dylan » (même si elle le prononce en insistant sur la première syllabe et en effaçant presque la fin du nom de famille), « accepted » et « Nobel prize for literature » (avec un seul « t »). Les mots écrits qu'elle désigne d'un doigt à l'ongle verni et parfaitement manucuré confirment ce que j'avais compris. Le chanteur américain a finalement accepté le prix Nobel qui lui a été décerné.

– Do you like Bob Dylan? poursuit ma voisine en détachant bien chaque mot.

Sa question me surprend. Elle ne me demande pas si je le connais – cela semble aller de soi pour elle – mais si je l'apprécie. Je hausse les épaules.

– I don't know...

Je m'arrête là. Comment dire que je ne connais pas bien l'œuvre de ce chanteur qui me semble venir d'un autre espace-temps ? Je me souviens du terme qu'elle a utilisé peu avant pour « vraiment », l'associe au mot « work » pour « œuvre » et reprends :

– I don't really know Bob Dylan or his work.

Je suis fière de moi. Une phrase entière en anglais. Mais la dame secoue la tête :

– You must know Bob Dylan. Everybody knows Bob Dylan.

Et pour appuyer ses dires, elle commence à chanter doucement :

– *The answer, my friend, is blowing in the wind...*

C'est vrai, je reconnais la chanson. Lors de l'annonce du prix Nobel attribué au chanteur, la mélodie était sur toutes les radios.

– Yes, I know this song, je réponds en me souvenant *in extremis* du mot qui signifie « chanson ».

– And do you like it?

Je hausse les épaules de nouveau. J'ai du mal à dire si j'aime, vu que je ne comprends pas les paroles.

– I don't really understand the song.

Elle sourit.

– Well you're right. It is complicated to understand exactly what he means. It's a poem, you see. But the main idea is that human beings don't learn from their mistakes. Do you understand?

Elle est gentille, avec ses grands yeux bleus derrière ses lunettes papillon. Elle parle lentement et clairement, et je reconnais pas mal de termes utilisés en cours d'anglais. « Main idea » pour « idée principale », « human beings » pour « êtres humains », le négatif « don't », « learn » pour « apprendre » (la prof nous dit toujours « learn your lesson » pour nous encourager à apprendre par cœur notre leçon), et « mistake » pour « erreur » ou « se méprendre ». Je fais un rapide retour en arrière pour déchiffrer le sens global : les êtres humains n'apprennent pas de leurs erreurs.

– Yes, I understand, je confirme.

Elle acquiesce.

– Perfect. Well, in that song, Bob Dylan asks the question : *How many times?* One time, two times, three times? Or once, twice, three times? How many times must we repeat mistakes before we learn?

Elle ouvre les mains pour donner plus d'impact à sa question, et mon cerveau fait un saut quantique. Une fois, deux fois, trois fois ? Combien de fois ?

– I understand, je répète, en trouvant mon vocabulaire horriblement pauvre.

– Perfect. So, how many times must we make war before we learn that peace is better for everybody? That's what Bob Dylan's asking.

Je hoche la tête. « War », je reconnais à cause de « warrior », « guerrier ». Et j'en déduis que dans cette chanson Bob Dylan demande combien de fois nous devrons faire la guerre avant de comprendre que la paix est mieux pour tout le monde. Mais soudain, les paroles du premier couplet me reviennent en tête. *How many times must a man walk down*... Quel rapport avec la guerre ? Puisque ma voisine semble prête à se lancer dans une explication de texte détaillée, je tente de formuler ma question en reprenant ses termes :

– But what exactly does he mean with « a man walk down » ? What does « walk down » mean?

Elle marque un temps d'arrêt avant d'émettre un petit rire étouffé.

– Do you know, I'm not really sure I can say.

Alors, si elle n'est pas sûre de pouvoir le dire, moi, pauvre Française avec quatre heures d'anglais par semaine, je fais comment ?

– Let me see, elle reprend. You walk down stairs.

Et elle mime avec son index et son majeur l'acte de descendre un escalier.

– You walk down the street, poursuit-elle en mimant l'acte de marcher tandis que je traduis

« street » par « rue ». But just « walk down »... I don't know exactly what he means. « Down » is the word we use to imply « underneath » as opposed to « above ».

Et, de nouveau, elle accompagne son explication d'un geste de la main pour désigner le bas par opposition au haut. Cela semble l'amuser beaucoup parce qu'elle rit encore.

– As I said, it's a poem. It probably means something like : « How often must a man submit before he's strong enough to resist? »

Je reconnais le synonyme de « combien de fois », « how often », et sans entrer dans le détail de la construction, j'identifie les mots « submit » et « resist », qui ressemblent pas mal aux verbes français « se soumettre » et « résister ». Le poème signifie probablement quelque chose comme : « Combien de fois un homme doit-il se soumettre avant de pouvoir résister ? » On est loin de « walk down », mais bon, il est vrai que la poésie demande une certaine dose d'interprétation.

Ma voisine me regarde avec malice derrière ses lunettes papillon.

– In my opinion, it will take forever, she says, smiling. Men will never be strong enough to resist war.

Je ris avec elle, ravie d'avoir suivi cette leçon de poésie. « Forever », en gros c'est un peu comme « never », les hommes ne seront jamais assez forts pour résister à la guerre.

– I'm Sue Ann, she says. I'm very pleased to meet you.

– I'm Callie, I reply. My name's Caroline, but everybody calls me Callie.

Là, je suis en *terra cognita*. Au lycée, nous avons tous appris à nous présenter, et j'enchaîne, soudain en confiance :

– I'm at high school studying for my graduation, and I live in Reims.

– And you're going to New York, complète Sue Ann.

It's not really a question, but I reply :

– Yes. I'm going to New York for two weeks. I'm going to be a babysitter for an American boy in an American family in New York.

Impressionnant, non ? J'avoue, ça aussi, je l'ai appris par cœur.

– Wonderful, says Sue Ann. Where precisely will you be staying?

– I'll be staying in Greenwich Village, I reply, pronouncing it Grenitch Villidj.

– What a coincidence! says Sue Ann. That's exactly where I live.

Chapter Three

FREEWHEELING

À partir de là, Sue Ann veut tout savoir de mon voyage. Chez qui je vais, comment je les ai connus, pourquoi j'ai choisi New York, ce que je compte faire et voir pendant mon séjour... Je remarque à peine le décollage de l'avion tellement je suis concentrée sur l'anglais.

– So, what's the name of the family you're going to stay with?

Je note au passage qu'elle forme le temps futur avec le verbe « to go » ou « aller », comme en français, sauf qu'en anglais on utilise le présent continu qui pour nous n'existe pas.

– The family's name is Gardner. The parents are called Diana and Frank, and the boy is called Dylan, I explain. He's ten years old.

– How old are you, Callie? Sue Ann asks suddenly.

– I'm seventeen.

– Okay. So whereabouts do the Gardners live in Greenwich Village?

– They live on Jones Street.

Facile à retenir, l'adresse !

– Jones Street. Did you know that one of Bob Dylan's album covers is a photo taken on Jones Street?

Mon cerveau commence à fatiguer. À part le retour de Bob Dylan dans la conversation et le nom de la rue, je ne comprends rien. Un album de photos ?

– What does « album cover » mean? I enquire.

Sue Ann hesitates before she answers :

– An album is what you print music on. You know, a round black disc. Well, before they were round black plastic discs, nowadays they are CDs.

C'est bon, j'ai pigé. Un disque.

– And the cover is what protects the album. It's square, like this, with the title and the artist on it.

Elle dessine une forme carrée, et une soudaine lumière se fait dans mon esprit malmené. Une pochette de disque, bien sûr. La photo qui illustre une des pochettes de disque de Bob Dylan a été prise dans la rue même où je vais séjourner.

– The album's called *The Freewheelin' Bob Dylan*, she adds. Freewheeling is when you're in a car or on a bike and you just let it roll. Just let the wheels roll.

Avec sa main, elle mime l'acte de rouler, et je fais une série d'associations. Rouler, roue, voiture, vélo, en roue... libre !

– And how did you meet the Gardners? she asks, changing the subject.

– My mother, I reply. She works at the university in Reims and she met Mrs Gardner in a conference. I said before I wanted to go to America.

– Oh, I see. You wanted to practice your English with real English speakers…

– Yes. I have my… graduation… in June.

– Right. You're graduating in June and I suppose you have an exam in English, Sue Ann rephrases.

– Yes. It's important because I'm in a European section.

I'm freewheeling in English now!

– So your mother told Mrs Gardner you were interested in going to New York in a real American family.

– Yes. And Mrs Gardner wants a babysitter for Dylan. So, it's good, I finish.

– And you get ten out of ten in English!

– Yes, I hope, je réponds, en me souvenant du verbe pour dire « espérer », à propos de mon dix sur dix (ou vingt sur vingt) espéré en anglais. En fait, il me faut au moins une mention bien au bac si je veux pouvoir intégrer l'école de graphisme dont je rêve en 3D. Comment je peux dire ça en anglais ?

– I must have a good English mark, because I hope to go to a school to learn… graphism?

Sue Ann fronce les sourcils, puis je vois son expression s'éclairer :

– Oh! Graphic design. You want to study to become a graphic designer.

– Yes! I want to become a graphic designer.

Je ne suis pas peu fière de moi. Certes l'anglais et le français sont deux langues proches, mais j'ai quand même réussi à soutenir une conversation depuis quinze minutes sans avoir recours au traducteur électronique installé par précaution sur mon smartphone. Je suis en train de me rendre compte que, avec peu de mots dans une langue étrangère, on peut finalement comprendre – et dire – plein de choses, dès lors que l'interlocuteur nous aide avec des gestes et des reformulations.

– Do you draw? Sue Ann asks.

« Draw » je connais, vu que le dessin, c'est ma passion. Du coup, je sors mon smartphone non pas pour utiliser le traducteur automatique, mais pour lui montrer quelques photos de mes œuvres, mes productions en option arts plastiques.

– These are really good, Sue Ann says, admiringly, looking at the photos of my drawings and paintings. They look like street art.

Elle ne pouvait pas me faire plus plaisir. Je me prends à rêver à ceux que je considère comme mes super-héros, Banksy le mystérieux qui cache son visage lors des rares interviews qu'il accepte, Blek le Rat et ses revendications politiques par image interposée, Buff Monster avec ses peintures roses faciles à reconnaître, Jean-Michel Basquiat et ses figures torturées...

– There's a lot of street art in the Village, Sue Ann informs me.

– I know, I say enthusiastically.

– Listen, Sue Ann begins. Do you have a Twitter account?

Un compte Twitter ? Bien sûr !

– Of course I have a Twitter account! I exclaim.

– What's your account name?

Sue Ann has her smartphone in her hand.

– At Kali, K. A. L. I., I say, spelling the name.

– I walk a lot in the Village, says Sue Ann. I walk for an hour or two every day. So if I see a new or interesting street art mural, I'll tweet you the photo and the address, so you can go and see it. If you'd like that, she adds.

– Of course I'd like that!

– Perfect. My account is at Suann, S. U. A. double N. So you'll know it's me.

– Thank you.

– And you must come and see me when you're settled in. I have some paintings in my home you might like. And I can show you some interesting art work in the Village. And the places Bob Dylan played in, when he was just a young jewboy dreaming of everlasting fame.

Là, mon cerveau a déclaré forfait. Sue Ann m'invite à aller la voir pour me montrer des peintures, je crois, et d'autres choses concernant Bob Dylan, qui ne m'intéresse que très moyennement, mais je ne vais pas le lui dire, sans compter que je n'ai pas les mots pour. En revanche, des peintures murales, en photo ou en vrai, je suis partante.

Ma voisine doit avoir compris qu'elle a un peu trop présumé de mes compétences linguistiques.

– Never mind, elle me rassure. You'll understand when I show you. This is my address I'm tweeting. Twenty-One Astor Place. Just across from the Alamo Cube.

I save the address in my smartphone and ask:

– What's the Alamo Cube?

– It's a sculpture. In the street. By the artist Tony Rosenthal. Wait a second, I'll show you.

J'attends que Sue Ann trouve parmi les nombreuses photos de son téléphone celle d'un énorme cube noir métallique en équilibre sur un angle, installé en plein milieu de ce qui doit être Astor Place. C'est impressionnant.

– And you live here?

Juste pour m'assurer qu'elle habite bien près de l'étonnante sculpture.

– Exactly. This photo's taken from my window, she confirms. I'm very lucky.

– Lucky? I ask.

Sue Ann hésite. Elle doit se demander comment mimer le terme à l'handicapée que je suis.

– Never mind, I say, taking my phone.

Enfin j'ai l'occasion de tester mon traducteur automatique.

– How do you spell it? I ask.

J'entre « lucky » sous sa dictée et le logiciel me répond « chanceux ».

– Yes, you are lucky, I confirm.

Elle sourit, mais il y a comme un voile de tristesse qui assombrit son regard. Peut-être pense-t-elle à son mari décédé. En tout cas, elle ferme les yeux comme pour chasser sa mélancolie. Trente secondes plus tard, elle dort, le journal toujours ouvert sur ses genoux.

Chapter Four

ARE YOU HUNGRY?

Arrivée à l'aéroport John F. Kennedy (du nom du président des États-Unis assassiné le 22 novembre 1963, l'année où Bob Dylan enregistrait *Blowing in the Wind*, d'après Sue Ann) ; après avoir promis à ma compagne de voyage que je lui donnerais bientôt de mes nouvelles, je récupère ma valise et me dirige vers la sortie (« exit »). L'endroit est immense, et je me demande comment je vais parvenir à retrouver les Gardner au milieu de la foule de visages qui attendent dans le hall des arrivées, lorsqu'une main légère touche mon épaule et une voix timide demande :

– Excuse me, are you Callie?

Je me retourne pour découvrir Diana. Elle est plus petite et plus mince qu'elle ne paraissait sur les photos que Maman m'a montrées, mais elle sourit avec chaleur lorsque je balbutie :

– Yes, I'm Callie. Are you Diana?

– Yes I am, she answers, smiling. Welcome to New York.

Je regarde autour de nous, à la recherche de Frank et Dylan, mais je ne vois personne. Diana semble comprendre et m'informe :

– There's only me. Frank is at the university, and Dylan didn't want to come.

Voilà pourquoi elle est venue seule. Que son mari travaille, pas de problème, je sais qu'ils n'ont pas les mêmes vacances que nous en France, mais que Dylan n'ait pas voulu venir, ça m'embête davantage. J'imaginais qu'il se réjouirait d'avoir une jeune Française à qui montrer sa ville, et je suis un peu déçue. J'espère qu'il sera quand même content de me voir.

– Don't worry, he'll like you as soon as he sees you, Diana says.

« Like » et « see » sont des verbes que je connais. Du vocabulaire de base. J'ai l'impression que Diana m'a dit que son fils m'aimera quand il me verra, mais je ne me souviens pas de la construction « as soon as », et je ne veux pas sortir mon smartphone en plein aéroport.

– Are you ready? Diana asks. Shall we go?

Suis-je prête, peut-on y aller ? Bien sûr que oui !

– Yes, je réponds, enthousiaste. Let's go!

– We're going to take the Air Train and then connect to the E line on the subway. It's quicker than driving at this time of day.

Je comprends qu'on va prendre un train puis le métro (« subway »). « Quick », je sais que ça veut dire « rapide ». Diana répète sa dernière phrase en tournant un volant imaginaire.

– Driving is too slow, she adds. Because of the traffic jams.

Nous sommes arrivées sur le quai de ce qui doit être l'« Air Train ». Du coup, je sors mon téléphone et tape « traffic jams », « embouteillages ».

– Okay, I understand, I say.

Le train me donne ma première vision de New York. C'est tout ce que j'ai imaginé, et plus encore. La ville est immense. Il y a plein de monde, des gens partout. C'est Paris puissance dix. L'impression d'étrangeté ne me quitte pas. Soudain, je prends conscience que je suis très, très loin de chez moi. C'est effrayant et, en même temps, c'est génial.

Dans les couloirs du métro, je suis Diana en traînant ma valise comme une automate. Puis un nouveau trajet, et nous remontons à la surface.

– Nearly there, Diana reassures me. A two minute walk and we're home.

Je comprends « walk » en me souvenant de Sue Ann qui marche tous les jours pendant une heure ou deux. Il nous reste deux minutes à pied, puis nous serons à la maison.

– That's where the photo for Bob Dylan's album *The Freewheelin' Bob Dylan* was taken, me dit-elle alors que nous traversons la rue. Do you know Bob Dylan?

– *Blowing in the Wind*, je réponds, contente de moi.

Diana hoche la tête.

– That's the one.

Leur « home » est un appartement dans un immeuble de briques rouges de cinq étages avec des escaliers extérieurs, comme dans les films. On monte à pied. Diana ouvre la porte d'entrée, et j'ai immédiatement une impression d'espace et de lumière.

– Hello! Diana shouts. Anybody home?

Personne ne répond, mais nous nous laissons guider par le bruit d'un téléviseur jusqu'au salon où nous découvrons Dylan – en tout cas, j'imagine que c'est lui –, les yeux rivés sur un écran, les doigts hyper-actifs sur une manette de jeu vidéo.

– Dylan, darling, could you stop just a second or two and say hello to Callie? Diana asks.

Dylan met le jeu en pause, me regarde comme si je n'étais pas là et murmure d'une voix éteinte :

– Hello Callie.

Je ne sais pas si c'est de la provocation ou non, mais je souris et réponds :

– Hello, Dylan. Pleased to meet you.

Dylan remains silent.

– I hope we'll be friends, j'ajoute.

Cette fois, il me regarde vraiment, quelques secondes de contact pendant lesquelles je perçois quelque chose dans ses yeux qui m'inquiète. Ce n'est pas simplement une attitude. J'ai l'impression que ce petit garçon ne va pas bien.

– Well, Callie, let me show you your room, intervient Diana, interrompant ce silence un peu lourd.

Elle me précède vers deux portes de l'autre côté du salon.

– This is your room, she says, opening one door. And this is your bathroom.

C'est carrément le luxe ! Une chambre qui fait deux fois la taille de la mienne, et une salle de bains tout à moi !

– Thank you, I say. It's perfect!

– You can put your things in here, poursuit-elle en ouvrant un grand placard dans lequel je pourrai ranger mes affaires. Are you hungry? I can make you a sandwich.

Bien qu'on nous ait servi à manger dans l'avion à peu près toutes les deux heures, je dois avouer que j'ai un petit creux.

– Yes please, I answer. I would love a sandwich.

– Good. I'll be in the kitchen.

I put my clothes in the cupboard and then go to the kitchen.

– I've made you a peanut butter and jelly sandwich, Diana says. It's typically American. I hope that's okay for you.

Un sandwich typiquement américain ? Je croyais que ça s'appelait un hamburger. Mais ce que Diana me présente n'a rien d'un hamburger.

C'est du pain de mie avec à l'intérieur ce qui ressemble à de la confiture et…

– Peanut butter, Diana repeats, showing me a round recipient.

C'est le dessin d'une cacahuète qui me renseigne. Bien sûr, le fameux beurre de cacahuète ! Servi avec de la confiture ? « Bon, me dis-je, tu es venue pour découvrir une autre culture. Allons-y. »

Je mords dedans.

Je ne dirais pas que c'est le meilleur repas que j'aie mangé de ma vie. Le mélange salé-sucré est étrange au début, mais après on s'y fait. En fin de compte, ce n'est pas mauvais. Tout en mâchant, je compose ma prochaine phrase dans ma tête. Le comportement de Dylan m'intrigue. D'après mon expérience (petits frères de copines et quelques jobs de baby-sitter), les garçons de dix ans sont plutôt curieux et pleins d'énergie. Alors que Dylan – tout comme sa mère, cela dit – semble timide et renfermé, voire franchement triste.

– Does Dylan play a lot of video games? I ask.

Diana me gratifie d'un sourire gêné.

– Not really. But he's a bit difficult at the moment.

Je voudrais bien creuser l'affaire du garçon « un peu difficile en ce moment », mais je manque cruellement de vocabulaire. Et, de toute façon, c'est l'instant que choisit Frank pour rentrer.

Diana fait les présentations de nouveau, et Mr Gardner me serre la main d'une manière assez distante.

– Hello, Callie, welcome to our home.

Ses paroles sont chaleureuses, mais l'expression de son visage me fait l'effet d'une douche froide, cet homme est tout sauf accueillant. J'ai du mal à me retenir de frissonner.

Mr Gardner est grand et mince, les cheveux bruns et les yeux verts. Il serait beau s'il ne fronçait pas sans cesse les sourcils. Même au bout de cinq minutes de présentations et de généralités, il n'a toujours pas souri une seule fois. De quoi écorner le mythe des Américains aux dents parfaites, affables et détendus. Mais il est vrai que c'est la fin de la journée. Il a le droit d'être fatigué.

– Well, shall we go out for dinner? he proposes after a while. Show Callie the neighbourhood?

Je suis complètement décalquée par le décalage horaire, le temps est passé à toute allure et il fait nuit à présent. De plus, le sandwich typiquement américain m'a un peu coupé l'appétit. Mais je suis partante pour toute nouvelle découverte, surtout s'il s'agit d'explorer le voisinage proche.

– Yes, that would be perfect! I answer.

Diana sourit d'un air soulagé. Sans doute n'aime-t-elle pas faire la cuisine.

Nous sortons donc tous les quatre, Dylan traînant les pieds, les parents marchant en silence – et un double silence, c'est assez pesant –, pour une dégustation collective de l'autre sandwich typiquement américain, le hamburger.

Chapter Five

LET'S GO

C'est un drôle de repas. À part pour commander son cheeseburger double bacon, Dylan ne desserre pas les dents. Frank n'est guère mieux. Diana essaie d'animer le dîner, mais face à deux muets et à une handicapée du vocabulaire, ce n'est pas gagné, si bien que la conversation est composée principalement de phrases inachevées. Je dois dire que je suis soulagée de rentrer. Mais, tandis que je me dirige vers ma chambre, Diana m'interpelle :

– Callie, can I show you something?

Si elle peut me montrer quelque chose ? Mais volontiers !

– Of course you can, I reply, remembering to add the « tag ».

Notre prof nous dit toujours que l'on reconnaît quand quelqu'un maîtrise vraiment bien l'anglais grâce à son utilisation des « tags », ces bouts de phrase que les Anglais rajoutent et qui correspondent à la reprise d'une partie de la question. Comme lors de la campagne électorale de Barack Obama. Il répétait ce que ses adversaires disaient qu'il ne pourrait pas faire (They say we can't) et y répondait par le fameux « Si, nous le pouvons » (Yes, we can).

Diana me prend le bras et m'attire dans un autre couloir tapissé d'étagères remplies de livres.

– This is our Village library, she explains.

Je regarde. Pas une librairie, mais une bibliothèque entièrement consacrée à Greenwich Village. Il doit y avoir une cinquantaine de volumes. Je vois un certain nombre de livres concernant Bob Dylan aussi, des compilations de chansons et de partitions, des livres anecdotiques ou analytiques, des souvenirs personnels… Je suis impressionnée. J'avais oublié que les habitants de Greenwich Village sont assez obsédés par leur « village » et son histoire. Ma mère m'en a parlé, mais je n'ai écouté que d'une oreille. Et je ne savais pas que Dylan y tenait une telle place, comme j'ai pu aussi m'en rendre compte avec Sue Ann.

– We're Dylan fans too, Diana smiles. Do you know his work?

– Of course, I answer, with a big silent thank you to Sue Ann.

Diana seems happy. She nods towards the bookshelf.

– Yes, right! Well, anything you need to know about the Village is here somewhere. I thought you might like to look at a book about places to visit while you're staying here.

Me? Read a book? In English? Help!

– I… euh… don't read very good English, je bredouille en espérant m'en sortir comme ça.

Mais Diana ne me lâche pas aussi facilement.

– Try this one, she suggests. It's quite easy. It's about all the places Dylan played in here, in the Village.

Je prends le livre prétendument facile à lire que Diana me tend et déchiffre le titre. *On the Road with Bob Dylan.* L'auteur est un certain Larry « Ratso » Sloman. Sur la quatrième de couverture, je lis : *The dream became reality.* On the Road with Bob Dylan *is the ultimate behind-the-scenes look at what happened when Dylan and the Rolling Thunder Revue took to the streets of America.* Aïe. Ça commence mal, je n'ai compris que quatre mots. Réalité, ultime, rues et Amérique.

– What's « behind-the-scenes » ? I ask Diana.

– Oh! you know. In a theatre, there's a stage and curtains...

Devant mon expression vide, elle m'entraîne dans le salon pour me montrer les rideaux. Soudain, je pige. Des rideaux, une scène, un théâtre... et derrière les rideaux, les coulisses.

L'ultime regard depuis les coulisses sur ce qui s'est passé lorsque Dylan et sa bande ont envahi les rues de l'Amérique. Ou quelque chose d'approchant. Je souris à Diana.

– Okay, I understand. Thank you. I'll... (comment on dit « essayer », déjà ? Ah oui, « try », comme au rugby) try to read this book.

Bon, d'accord, je n'en ai pas du tout l'intention, mais je sais être polie.

– Good night, then, Callie, says Diana. Sleep well, I'll see you tomorrow.

– Good night, I reply.

That's easy.

Pour être franche, je suis totalement claquée. Je regagne ma chambre, me déshabille et me mets au lit. I open the book just to look at the photos. On the first page, there's a photo of Bob Dylan when he was young. Il a l'air songeur. He also looks a bit sad. Je pense au petit Dylan et à Frank. C'est peut-être un truc de New-Yorkais, cet air de tristesse, pour compenser le fait qu'ils vivent dans la ville la plus cool du monde.

Je saute les remerciements et la préface, et commence au chapitre un.

To begin at the beginning, you'd have to go back to the old folkie days of the Village or maybe just the set of Pat Garrett and Billy the Kid *or maybe even the old auditorium of Hibbing High.*

Bien. À part le début de la première phrase, le commencement du commencement, je n'ai rien compris. Il faut retourner où ? Aux vieux jours de la musique folk au Village ou alors quoi ? Je sors mon smartphone et trouve à ma grande surprise que *Pat Garrett and Billy the Kid* est un film de 1973 réalisé par Sam Peckinpah, avec James Coburn, Kris Kristofferson et... Bob Dylan. Je ne savais pas qu'il était aussi acteur. Encouragée, je poursuis avec Hibbing High et trouve... un lycée. Dans le Minnesota. Je suis sur le point de refermer Internet quand le mot « Nobel » attire mon attention. Si je comprends bien, le lycée Hibbing High va célébrer le prix Nobel de son illustre ancien élève Robert Zimmerman, qui a changé son nom en Bob Dylan en hommage au poète anglais Dylan Thomas. En VO, ça donne :

Hibbing High School prepares to honour its most famous alum this week, Robert Zimmerman (aka Bob Dylan after Welsh poet Dylan Thomas), and congratulates the 1959 pupil who won a Nobel prize in literature.

Ça me fait drôle de penser qu'une star internationale comme Bob Dylan a un jour été un lycéen anonyme. Je ferme mon téléphone et le livre dans la foulée, trop fatiguée pour ce douloureux exercice de déchiffrage d'une langue étrangère. Là, tout de suite, il faut que je dorme. Demain, ça ira mieux.

Bien sûr, je suis la dernière réveillée. Dans la cuisine, Diana est en train de ranger les ustensiles du petit déjeuner.

– Frank's gone into work early, she says slowly. I have to go too. Dylan's watching the TV, but if you ask him, he'll take you to see the Minettas.

– Who are the Minettas?

De la manière dont elle l'a dit, j'ai eu l'impression qu'il s'agissait de personnes. D'Italiens, peut-être. Mais Diana sourit.

– It's not who, it's what. Or where. They are streets. There's Minetta Lane and Minetta Street and Minetta Green, that's a park where a small river, Minetta Brook, used to run. And you can see the famous *Cafe Wha?* where poets from the Beat Generation used to meet.

– The Beat Generation? I ask.

– A group of writers and poets. Allen Ginsberg, William Burroughs, Jack Kerouac... They used to meet there. Bob Dylan sometimes played music to accompany Ginsberg's poetry.

Je ne sais pas pourquoi, mais j'ai l'impression que c'est important pour Diana que j'y aille, alors je réponds :

– Okay, I'll go to the Minettas.

– You'll like it, I'm sure, she says.

Then she disappears.

J’en déduis qu’elle est partie travailler, mais elle a une drôle de façon de disparaître soudainement, sans toutes les formules de politesse habituelles. Je me débrouille tant bien que mal avec diverses machines qui fabriquent des jus de fruits, des toasts et du café, puis je vais voir Dylan. Après tout, c’est pour lui que je suis ici.

– Hello Dylan, je dis doucement.

À ma grande surprise, il me sourit.

– Hi Callie.

– Do you want to go for a walk? I ask.

He shakes his head.

– No thanks.

Puis il replonge toute son attention dans l’univers hermétique du téléviseur.

Bon, je n’ai sans doute pas posé la bonne question. Je regarde quelques minutes de guerre intergalactique puis tente de nouveau ma chance :

– Your mum said you could show me the Minettas.

He seems very surprised.

– You want to see the Minettas?

– Yes. Your mum said I'd like it.

– Really?

Ne sachant que répondre, je me contente de hocher la tête. Il me fixe puis, à ma stupéfaction, se lève et éteint la télévision.

– Okay, then. Let's go.

Chapter Six

RATATOUILLE

Il fait froid dehors et je frissonne involontairement. Puis je me souviens de New York vue dans des films, les rues recouvertes de neige, et par contraste cela me procure un sentiment de chaud. Le soleil brille, le ciel est bleu, je suis à New York, tout va bien. On commence à marcher en silence, Dylan regarde ses pieds, moi le spectacle qui s'offre à mes yeux ébahis.

Soudain, au coin d'une rue, un graffiti attire mon regard. Je traverse en courant.

– Hey! Be careful! Dylan shouts.

Il me rattrape et poursuit :

– The traffic is crazy here. They'll run you down as soon as look at you.

Je secoue la tête. À part « fais attention », je suis perdue.

– The cars here, Dylan explains. They won't stop for you.

– Oh, okay, I'll be careful, I reply and turn to look at the piece of street art.

– That's by Buff Monster, I tell Dylan, looking at the painting of four pink ice-cream cones with legs.

Le garçon contemple les cornets de glace rose d'un air blasé.

– I know that's Buff Monster, he says. I didn't know you liked that stuff!

Je n'arrive pas à savoir s'il est incrédule ou admiratif. De toute façon, je ne vais pas cacher ma passion pour cette forme d'art.

– I love street art! I reply enthusiastically. And Buff Monster is one of my favourite artists.

Je sors mon smartphone pour photographier le mur à l'instant où un tweet apparaît à l'écran.

Rata2ee @Rata2ee Just4 @Kali 2C Buff Monsta go2 @CafeWhaNYC.

Je fronce les sourcils. Un, je ne comprends rien, deux, le message semble bien m'être adressé, trois, je ne vois pas qui a pu m'écrire à propos d'un artiste de rue dont je suis justement en train d'admirer le travail. Je regarde derrière nous mais, dans la foule des New-Yorkais, personne ne semble nous prêter attention. Une chose est sûre, ce n'est pas Sue Ann. En tout cas, ce n'est pas l'adresse qu'elle m'a donnée.

– What's the matter, Callie? Bad news?

J'avais presque oublié Dylan à mes côtés, qui me fixe d'un air inquiet.

– Sorry?

– I asked if you'd received bad news. You look upset.

Bad news? Ah oui, des mauvaises nouvelles.

– No, not bad news, I reply. But I don't understand. Look.

Je lui montre le tweet, et il hoche la tête, très sérieux.

– That's because it's in shorthand.

Je dois avoir l'air totalement perdue parce qu'il m'explique plus lentement, en choisissant ses mots :

– Shorthand is a special type of language, like a code. This is Twitter code. The number *four* means either the number or the word « for ». The number *two* means either two, one plus one, or to, T. O., or too, T. O. O. Anything that makes that sound. The letter *C* is for the word « see ». So the tweet says that it's just for Kali which I suppose is you, and that to see Buff Monster (using an *a* in place of an *er*, like in gangsta rap), you should go to the *Cafe Wha?*.

– Thank you, Dylan, I say, intrigued.

– It's in the Minettas, Dylan adds. It's where you wanted to go anyway.

– Oh, great, I say, toujours troublée par ce tweet bizarre. We'll go there then.

Je prends quelques photos des cônes de glace ambulants, mais le cœur n'y est plus. J'ai l'impression qu'on m'observe, et ça me donne des frissons dans le dos. Quelqu'un que je ne connais pas m'envoie des tweets en anglais au sujet d'un artiste de rue, alors même que je photographie une œuvre de cet artiste, il y a tout de même de quoi se sentir mal à l'aise.

Tout en marchant, je regarde le tweet de nouveau. Le nom d'expéditeur, surtout, m'interpelle. @Rata2ee. Soudain, je me souviens d'avoir parlé à Sue Ann de Blek le Rat, un de mes artistes préférés avec Buff Monster. L'Américaine a dû se créer un nouveau compte Twitter pour communiquer avec moi.

– It's okay, I say to Dylan. I know who Rata2ee is. A lady I met on the plane.

Je tape son adresse habituelle (@Suann) et lui envoie un petit smiley commenté pour montrer que j'ai apprécié son initiative.

Kali @Kali ☺ nice name

– Careful! Dylan shouts and pulls me clear of the lamp post I was about to walk into.

– Thanks, I smile.

Ce n'est pas le moment de m'assommer en heurtant de plein fouet un lampadaire.

Je range le smartphone dans ma poche et profite de la balade pour m'en mettre plein les yeux. On longe un mur entier couvert de voitures de course, signé Mitchell Schorr, puis on passe devant un magnifique lion peint de face, qui semble nous regarder.

– That's Cecil, Dylan says, as I admire the mural entitled *For Cecil*.

– Who's Cecil? I ask.

– He's a lion, Dylan replies, rather obviously.

– I can see that he's a lion, I smile. Why is he here?

– Don't you remember Cecil?

Dylan looks horrified.

– Last year. He was killed in Zimbabwe by this American Safari freak. He was protected and yet the guy still shot him. Walter Palmer, that's his name. You never heard of Cecil in France?

Le ton incrédule de Dylan et l'accusation qu'il semble porter envers les Français – en gros, il nous juge incultes – stimulent mon cerveau malmené. Soudain, je me souviens en effet de ce scandale qui a duré au moins trois jours, et du commentaire de mon père à l'annonce de la réaction américaine. Je le donne en raccourci : « C'est bien les Américains, ça, ils sont outrés par la mort d'un lion et indifférents lorsque des Blacks sont abattus par la police. »

– Yes, I remember now, I say to reassure Dylan concerning French culture. It was on the news in France too.

Dylan looks relieved.

– Come on, he says. We're nearly there. This is the beginning of the Minettas.

Mais lorsqu'on arrive au *Cafe Wha?*, on ne trouve aucun signe de Buff Monster. Le *Cafe Wha?* est une salle de concert avec bar, un genre de grand pub qui propose des musiciens à l'affiche. En tout cas, c'est ce qu'on voit de dehors parce que c'est on ne peut plus fermé.

La devanture est couverte d'affiches collées, de signatures de graffeurs, mais il n'y a là aucune pièce de véritable street art et rien de Buff Monster.

– That's strange, Dylan observes. Your friend seemed really sure. Maybe you can ask her to be more precise.

Je sors mon téléphone pour envoyer une demande de précisions à Sue Ann et je vois alors qu'un nouveau tweet est apparu à l'écran.

SueAnnV @Suann What name?

I answer with another question :

Kali @Kali Did you send me to the Cafe Wha?

The response comes immediately :

SueAnnV @Suann No. Why?

– It's not my friend who sent us here, I inform Dylan.

– Let me see, he says, holding out his hand.

En voyant sa main tendue, je lui donne automatiquement mon smartphone. Il lit l'échange puis répond au dernier tweet de Sue Ann :

Kali @Kali OK. No pb.

Dylan looks at me, admiringly.

– That's crazy. You've only been in New York for one day and you're already getting a strange tweet from a mysterious Twitter account.

He looks at the name of the strange correspondent again.

– Does the name Ratatouille mean anything to you?

Hearing the name pronounced by Dylan, I suddenly realise it's the title of an animation film.

– It's a film about a rat who wants to be a cook, I say.

– It sounds like a French name, says Dylan. But at the same time, it's written in English with the number two in place of the letters. It looks like a street artist signature.

As he says this, the phone vibrates again.

– It's from Ratatouille, says Dylan, excited, and shows me the screen.

I read :

Rata2ee @Rata2ee Just4 Kali : Cum back some other day. 2morrow, surprise4U.

– Wow! Dylan exclaims. That's so cool.

I'm not sure I agree. Je regarde une nouvelle fois autour de nous, mais les passants défilent, personne n'est immobile, personne ne nous regarde. Revenir un autre jour ? Demain ? C'est quoi cette histoire ?

– It's not cool. I don't like it, I say, seriously.

Dylan is smiling.

– No, really, it's okay. It's a reference to a Bob Dylan song.

– What?

Je suis de plus en plus perdue. Est-ce qu'il connaît toutes les chansons de Dylan par cœur ? Ou est-ce une coïncidence que le tweet se refère à *la* chanson qu'il connaît ?

– It's a song called *Talkin' New York*, Dylan explains. It's about when Bob Dylan first arrived in New York. Look.

Rapide comme l'éclair, il trouve les paroles de la chanson et les affiche sur mon smartphone. En effet, dans le dernier couplet je lis : *Man there said, come back some other day*.

Ou alors, les New-Yorkais connaissent les chansons de Dylan comme les Français connaissent celles de Brassens. Un truc culturel.

– So we come back here tomorrow because there'll be a surprise for you, Dylan finishes.

Je hausse les épaules.

– Okay. If you say so.

Il me donne l'impression de savoir quelque chose que je ne sais pas, et cela se confirme dans ma tête lorsqu'il ajoute :

– Oh, and don't say anything to my parents about this. Street art is a delicate subject as far as they're concerned.

Chapter Seven

TOMORROW IS A LONG TIME

On passe le reste de la journée à marcher dans les rues de Greenwich Village, Dylan et moi. On s'arrête un moment pour manger un morceau dans un restaurant qui s'appelle *John's Pizza* et qui est, selon Dylan, la meilleure pizzeria de tout New York. Depuis l'incident des tweets, Dylan est devenu plus bavard et il semble franchement fasciné par mon correspondant mystérieux.

– Why don't you tweet Ratatouille and ask him who he is? Dylan suggests, his mouth full of pepperoni pizza.

So I do. Dylan shows me the Twitter way to write *Who are you* :

Kali @Kali Who RU?

But we wait, and there's no answer.

– Well, I guess we'll just have to come back tomorrow and see what the surprise is, Dylan says with a smile. This is better than playing video games or watching TV.

Il est si mignon quand il dit ça, je ne peux m'empêcher de rire.

– Nobody says you have to play video games or watch TV! I reply.

– No. But my parents aren't the communicative sort, he says.

Et en effet, de retour à la maison où les parents Gardner ont réinvesti les lieux, c'est reparti pour une nouvelle interprétation de Dylan l'huître. Dylan se referme, quoi, face à des parents dont la communication est réduite au strict minimum. Nous mangeons des sandwichs.

Dylan devant la télé, Frank dans son bureau, Diana en feuilletant un magazine.

Lassée du silence de mollusque du garçon, du sourire à toute épreuve de Diana et du front orageux de son cher et tendre, je murmure quelque chose du genre :

– Sorry, so tired, didn't sleep well, jet lag...

Et me réfugie dans ma chambre, déterminée à dépasser la première page de *On the Road with Bob Dylan*.

Au lieu de quoi je m'endors.

Et me réveille en pleine nuit en entendant quelqu'un qui pleure.

Je sais, ce ne sont pas mes oignons, mais quand même. On ne laisse pas les gens pleurer au milieu de la nuit sans essayer au moins de leur remonter un peu le moral. Je me lève et sors identifier la source de ce chagrin.

Je trouve Diana assise par terre devant la bibliothèque dédiée au Village.

– Diana? Are you okay? I ask, even though she obviously is not.

Elle sursaute au son de ma voix, et j'ai l'impression de la voir cacher quelque chose dans un gros volume dont la couverture est décorée de photos en noir et blanc. Je m'assois à ses côtés.

– Oh! Callie! I'm so sorry, did I wake you up? I just get so sentimental over Bob Dylan's lyrics. They're so moving.

« Lyrics » ? Les « paroles » ? Ce sont des paroles de chansons qui la mettent dans cet état ? J'ai du mal, beaucoup de mal à la croire. Mais son sourire est de nouveau en place, et Diana ne veut de toute évidence pas parler de ce qui la chagrine.

– So, how did you like your first day in the Village? she asks, sniffing and wiping her nose.

– It was wonderful, I answer sincerely.

– Did you walk round the Minettas?

– Yes. It was really cool.

Elle me regarde bizarrement, comme si elle s'attendait à ce que je lui en dise plus. Alors que, pendant le repas, elle n'avait montré aucun intérêt pour ma journée.

– Did you see the *Cafe Wha?*? she asks.

– Yes. But it was closed.

– Of course. But the street is interesting in itself.

Soudain, je me demande si Ratatouille n'est pas Diana. Elle semble savoir quelque chose que j'ignore. Mais Dylan m'a demandé de ne pas parler des messages et de leurs allusions à Buff Monster. Que faire ?

– When Bob Dylan was young, when he first came to New York, he played in the *Cafe Wha?*. On his own and with Allen Ginsberg and other Beat Generation poets, Diana says slowly. It's an important place for artists, the *Cafe Wha?*.

Elle m'a déjà dit ça la veille. J'attends en me demandant où elle veut en venir.

– Even today, it's an important place for young artists, Diana insists.

I again remember Dylan's advice not to talk about street art, and murmur :

– Do poets still go there? I love poetry.

Mais elle semble avoir perdu tout intérêt pour la conversation. Elle range le livre qu'elle tenait entre les mains et se lève.

– Probably. Well, good night, Callie.

Et sans plus d'explications, elle s'éclipse.

J'attends quelques secondes, puis prends le volume qu'elle semblait regarder et fais défiler les pages. Je n'ai pas rêvé. Au milieu du livre, je tombe sur une photographie. C'est la photo d'un jeune homme de mon âge environ, debout devant un portrait de Bob Dylan qui couvre tout un mur. On ne voit pas bien son visage mais, dans le coin gauche, on aperçoit le nom d'un pub. *White Horse Tavern.* Je la remets en place et retourne me coucher.

The following morning, when I wake up, Frank and Diana have gone to work, and Dylan is in the kitchen, eating toast.

– Got any more messages from your mysterious admirer? he asks.

I shake my head.

– No, but I have another mystery to solve.

Je lui montre la photo que je viens de récupérer dans le livre des textes de Bob Dylan.

– Do you know who this is?

Dylan hardly looks at the photo.

– Probably a poet or something. Dad loves poets.

Il ment bien, mais je suis convaincue qu'il ne me dit pas tout. Plus ça va, plus je suis certaine que toute la famille cache quelque chose.

– Where is the *White Horse Tavern*? I ask innocently.

Dylan looks at me.

– It's on Hudson and Eleventh, he replies. South Manhattan.

– Can we go there? I would like to see the painting.

– Yes, he says, reluctantly. But there's nothing much there. And we have to go back to the *Cafe Wha?* for your surprise.

Sa réticence est presque palpable. Pourquoi ne veut-il pas aller au *White Horse Tavern* ?

– Is it far from the *Cafe Wha?* to the *White Horse Tavern*? I ask.

– No, not really, he admits. But there and back would take too long.

Dylan looks at his toast, then throws it in the bin. Je ne comprends pas sa colère, mais je ne vais pas non plus lâcher l'affaire. Il se passe quelque chose ici, et je veux savoir quoi.

– Are you angry with me? Because I want to see the mural at the *White Horse Tavern*? I ask.

Dylan looks up.

– No, I'm not angry with you, Callie. You're nice. It's just... (He stops.) No, nothing.

Je n'insiste pas. Très bien, jeune homme, tu ne veux pas en parler, soit. Mais je trouverai.

– Okay, let's go to the *Cafe Wha?* then, I decide.

The streets of New York are cold but sunny. It's nice to walk in the middle of all these people, all the different shops, restaurants and street art murals.

– Look, Callie, Dylan says, pointing. Look at the wall.

« Wall », je connais grâce à la chanson *Another Brick in the Wall* des Pink Floyd, étudiée en cours d'anglais.

The *Cafe Wha?* is closed again, of course. It's the morning, and concert halls are only open in the evening. But as we approach the facade, we see that the wall to the left of the entrance is completely transformed. Yesterday, it was red brick. Today, it's grey, with pink clouds and a big pink ice-cream with a bubble that says : *Tomorrow is a long time.*

Dylan contemple le mur, bouche bée. Moi aussi, je dois l'avouer. C'est une authentique création Buff Monster, j'en suis sûre. Une authentique création qui non seulement m'a été annoncée, mais dont même la thématique (*demain*) a été précisée par un interlocuteur Twitter dont je ne connais pas l'identité.

– Wow! That's one hell of a coincidence, Dylan says.

– There are too many coincidences, I reply.

– No, not just the mural. *Tomorrow is a long time* is a song by Bob Dylan, Dylan insists.

And he starts to sing :

– *If today was not an endless highway…*

– Hey, you sing really well, I smile.

– It's a Bob Dylan song about being lonely, he explains.

– What's « lonely » ? I ask.

– On your own. Solitary. No friends or family.

Des larmes lui montent aux yeux. Très bien. Maintenant, je sais qu'il y a un drame familial derrière tout ça. Diana qui pleure devant la photo d'un jeune homme que Dylan prétend ne pas connaître, Dylan qui chante une chanson sur la solitude et a du mal à retenir ses larmes.

Je sors mon smartphone pour photographier la toute nouvelle peinture murale de Buff Monster et vois arriver un tweet.

Rata2ee @Rata2ee Hope U like it?

Of course I like it. A brand new Buff Monster mural I was told about in advance. But Dylan isn't happy and I want to make him smile.

J'ai une sorte d'intuition. Je prends les mains de Dylan entre les miennes et joue l'imbécile :

– Dylan, please let's go to the *White Horse Tavern*, please, please, please.

Devant mes mimiques de supplication, Dylan se détend, et j'obtiens ce que je voulais, il sourit.

– Okay, he says.

– Can I take a photo of you? I ask. Here, in front of the pink ice-cream?

He laughs and poses, New York style, like a rapper.

Nous repartons en écoutant sur mon smartphone *Tomorrow is a long time* de Bob Dylan. Comme je ne comprends pas grand-chose, Dylan me télécharge les paroles de la chanson. C'est plus facile de comprendre une langue parlée (ou chantée) quand on peut s'appuyer sur l'écrit. En fait, il y a plein de mots qui sont presque pareils en français et en anglais à l'écrit.

Le problème, c'est qu'ils ne se prononcent pas du tout de la même façon. Enfin, bref, je lis les paroles, et mon intuition concernant la famille Gardner devient une certitude.

Chapter Eight

ANOTHER KETTLE OF FISH

– The mural isn't on the *Tavern* itself, Dylan explains as we approach Hudson Street. It's on a wall just next to it. The *White Horse Tavern* is all big glass windows. You can't really paint on glass.

Je connais le mot « next » parce qu'on l'utilise en cours pour signifier que c'est au tour du suivant. Ça peut aussi vouloir dire « à côté », ce qui est le cas ici. La peinture murale est à côté de la taverne. « Window », c'est pareil, ça m'évoque le cours d'anglais, lorsqu'il fait chaud et qu'on demande si on peut « open the window ».

Du coup, je devine le sens de « glass » à partir du contexte. Qu'y a-t-il à l'intérieur d'une fenêtre ? Bravo, du verre. Et on ne peut pas, d'après Dylan, facilement peindre sur du verre.

– You know, Bob Dylan took the name Dylan because of Dylan Thomas, the poet, Dylan Gardner, neither poet nor singer, continues.

– I know, I confirm. Your mother gave me a book, *On the Road with Bob Dylan*. I read that in the book.

Dylan nods and continues his explanation.

– Dylan Thomas used to come to the *White Horse Tavern* to drink. The story goes that he drank eighteen whiskies one night, in November 1953. Eighteen, he repeats, impressed. After that, he died.

Il en est mort ? Pas étonnant.

– Not surprising, I comment.

– Also, the poet Frank O'Hara mentions the *White Horse* in his poem, *A City Winter*, Dylan adds. He used to come here too.

– You know a lot about this place and its history, I remark, admiringly.

He smiles.

– Well, it's my history too. My name is Dylan. Bob Dylan, Dylan Thomas. Music and poetry. My dad calls them the two noblest arts. Not noble as in Nobel prize, but noble as in respectable. And my dad was named Frank by his parents after Frank O'Hara. There's the mural, he says suddenly, pointing to the other side of the street.

De l'autre côté de la rue, en suivant la direction indiquée par Dylan, je vois le visage poupon et le regard légèrement étonné de Bob Dylan, et reconnais une reproduction façon street art de la photo de première page du livre *On the Road with Bob Dylan* que je tente toujours de lire tant bien que mal. Je fais un pas en direction du passage piéton pour aller regarder la peinture de plus près, mais mon Dylan à moi me retient :

– No, don't go any closer. We can see it better from here.

Qu'on voie mieux d'ici la peinture murale dans son ensemble, je n'en doute pas, mais c'est le détail qui m'intéresse. Le détail et la signature. Je regarde Dylan droit dans les yeux.

– It's by Rata2ee, isn't it?

Le garçon baisse le regard. Il a néanmoins l'honnêteté de hocher la tête.

– Who is he?

Dylan shakes his head.

– I can't say. I promised not to.

– Okay, I reply. I respect your promise. I guess I'll just have to ask the artist himself.

I take out my smartphone and take a photo of the Bob Dylan mural. Then I send the photo to @Rata2ee with a comment:

Kali @Kali Nice work. Who RU?

This time, the answer comes almost immediately:

Rata2ee @Rata2ee I'm a different
kettle of fish. Now.

I don't understand. But when I show the screen of my smartphone to Dylan, his eyes light up.

– The *Kettle of Fish* used to be a bar. Kettle of fish means a pan (il mime un récipient) full of fish. What you use to cook fish. But there's a saying, in English. When you mean you're talking about something completely different, you say : That's a different kettle of fish. Anyway, the *Kettle of Fish* was a bar Bob Dylan used to go to. Nowadays, it's a tattoo shop. The bar closed years ago.

– It doesn't matter, I say. Closed or not, Ratatouille wants us to go there. Is it far from here?

Dylan thinks for a moment.

– Not really. It's to the south, near Washington Square Park. About fifteen minutes walk. It's just down from the *Cafe Wha?*.

We walk quickly up to MacDougal Street. As we approach, we can see a crowd gathering around a red brick building.

– That's it, says Dylan, pointing to the building. That's where the *Kettle of Fish* used to be. What are all those people looking at?

En effet, la foule en bas de l'immeuble semble regarder quelque chose.

– We should get closer, Dylan suggests.

We move closer and see a large mural painted on the red brick wall.

Sur la devanture de l'ancien café reconverti en salon de tatouage, on peut voir un portrait de plain-pied de Jack Nicholson vêtu d'une veste rose. Son visage est peint en bleu-vert. C'est super-beau, mais je suis un peu déçue en regardant la signature : *Alec.* J'étais certaine qu'on allait trouver une œuvre de Ratatouille. Je consulte mon smartphone. Rien. Ça s'agite autour de la fresque. Un type approche avec un pot de peinture. Des voix s'élèvent. Une dispute éclate. J'entends des phrases éparses comme « My fucking shop », et « That's fucking art, man » et « You can't destroy art », contrées par « Oh can't I? Just watch! ».

La foule bouge, vacille, s'écarte, et soudain je vois sur le côté de la peinture des mots peints au pochoir et empilés à la verticale :

DON'T
CRITICIZE
WHAT
U
CAN'T
UNDERSTAND

– That's Bob Dylan, says a voice behind me. From *The Times They Are a-Changin'*.

– No, stop, man! another voice shouts.

The man with the paint has started to erase the mural. To paint it over in red paint. People are shouting. I hear a police siren in the distance. I look for Dylan, but there are too many people. I can't see him.

Quelqu'un s'est emparé du pot de peinture et l'a renversé sur le trottoir. Des coulées rouge vermillon envahissent les pavés et sèment la panique. De nouveau, je cherche Dylan des yeux, mais la foule m'empêche de voir loin. Le mouvement collectif m'emporte sans que je puisse résister. Je suis ballottée, bousculée par cette marée humaine, assaillie par des coudes et des pieds. Je tente de m'en dégager, mais la foule est trop dense. Je sens monter en moi une sensation d'étouffement.

– Stop it! I shout, but my voice is lost in the crowd.

Suddenly, the police sirens are screaming, blue lights flash on and off, and the crowd disperses.

Je recommence à respirer et comprends alors seulement que j'ai bloqué mes poumons. Une réaction de peur.

I look around for Dylan, but I still can't see him. Policemen are pushing people away. I try to remember what Dylan is wearing. A grey sweatshirt and blue jeans, I think.

A policeman approaches me.

– Okay, lady, go home now. It's finished.

– I have lost a small boy, I say. Ten years old.

But the policeman isn't listening.

– Just go home now, lady, he repeats.

Go home? I can't go home without Dylan. Where is he? I need help.

I can only think of one person in New York who can help me. I take out my smartphone to contact Sue Ann, but before I can send a message, a new tweet appears on the screen.

Rata2ee @Rata2ee Dylan's OK.
First right after cookie shop.

I look up. Next to the tattoo parlour is a cookie shop. Je me mets aussitôt à courir en direction de la première rue à droite. Je tourne à l'angle et j'ai à peine parcouru quelques mètres que je reconnais, deux immeubles plus loin, la silhouette de Dylan dans l'encadrement d'une porte. Je sens une vague de soulagement m'envahir. Comment dit-on « inquiet » en anglais ? Ah oui, « worried ».

– Dylan, I was so worried! je m'écrie en arrivant près de lui.

Puis je m'arrête.

Derrière Dylan, caché dans l'entrée de l'immeuble, il y a un jeune homme d'à peu près mon âge, engoncé dans un sweat-shirt à capuche. Le garçon de la photo qui, soudain, me semble bien familier.

– Callie, Dylan says. I'd like you to meet my brother, Allen.

Chapter Nine

DYLANESE

Je fixe le frère de Dylan en silence pendant un long moment. Outre le fait que c'est le garçon de la photo qui faisait pleurer Diana, il me semble le connaître. Lui aussi m'observe d'un regard vert intense, le même que celui de Frank, comme s'il essayait de me faire comprendre quelque chose. Je cherche en vain où j'ai pu le croiser auparavant.

– Don't I know you? I finally ask.

He nods, pulls the hood of his sweatshirt up to cover his head, takes sunglasses out of his pocket and puts them on.

– I was sitting next to you on the airplane, he admits.

– You knew who I was and you didn't say anything?

I'm astounded. What's he playing at? Il a passé sept heures assis juste à côté de moi et n'a rien dit ! Puis il me concocte une chasse au trésor dans les rues de New York dès mon arrivée. Je suis étonnée, bien entendu, mais surtout, je suis furieuse.

– Callie, he says softly. We need to talk.

– Yes, I agree, I reply angrily.

– Let's go to the *White Horse Tavern*. There's good energy there. It's a good place to talk.

He smiles at Dylan.

– Okay with you, lil' bro'?

Dylan rayonne. Je ne l'ai jamais vu aussi heureux et détendu. Il colle à son grand frère comme un chewing-gum à une semelle de basket.

Nous refaisons en sens inverse le trajet que Dylan et moi avons suivi à peine une demi-heure plus tôt. Les deux frères échangent à voix basse ce qui ressemble plus à des citations qu'à des phrases d'une vraie conversation.

Allen : *Oh, what did you meet, my blue-eyed son?*

Dylan : *I met a young girl, she gave me a rainbow.*

Allen : *But I wish there was something you'd do or say to try to make me change my mind and stay.*

Dylan : *I wish, I wish, I wish in vain.*

Ensemble : *Don't think twice, it's all right.*

– It's Dylanese, Allen says, turning to me.

I frown.

– I don't understand.

– Bob Dylan, Allen says slowly. The language Dylan speaks, we call Dylanese. Like the language lawyers and judges speak, we call that legalese. The language of the legal system. Ours is the language of the Dylan system.

Un langage comme celui du système judiciaire qui, au lieu de tourner autour de la loi, tourne autour de Dylan. Je ne dois pas avoir l'air très convaincue, mais Dylan m'explique :

– We choose a Bob Dylan album and communicate what we want to say by using only lyrics from songs on that album, he explains.

Ils mènent une conversation en n'utilisant que des paroles de chansons d'un disque en particulier ? Ça me paraît un peu risqué. D'abord, il faudrait connaître toutes les paroles de toutes les chansons par cœur.

– But you must learn by heart all the songs! I exclaim.

Dylan smiles.

– Our parents are Bob Dylan fans, Callie. Real fans. When we were kids, they listened to Bob Dylan songs all the time. We didn't have to learn the words, we just picked them up.

I nod.

– My father is a fan of Boby Lapointe.

– Boby who? asks Dylan.

– He's this crazy French singer that writes unpronounceable songs that don't mean anything,

Allen intervenes. But loads of French people learn them by heart.

– They do mean something, I say, rising to the defence of my culture (and my dad).

– Oh yeah? *Avanie et framboise sont les mamelles du destin*? Allen says with a strong American accent. What the fuck does that mean?

– Okay, I don't really know, I admit. But some of his songs mean something.

– All Bob Dylan's songs mean something, Allen says. That's how you can use the lyrics in Dylanese.

J'aime bien sa voix. Elle est douce et ferme, avec cet accent typiquement américain. Elle me rappelle celle d'un de mes artistes préférés, Jean-Michel Basquiat. J'ai vu des vidéos de lui en cours d'arts plastiques. C'était un des tout premiers artistes new-yorkais à commencer à s'approprier les murs de la ville. Puis je pense à la vie de Jean-Michel Basquiat, et un frisson glacé me parcourt le dos. Le jeune artiste ne devait pas être beaucoup plus âgé qu'Allen lorsqu'il est mort d'une overdose.

Nous sommes arrivés au *White Horse Tavern*. Je regarde de nouveau le portrait de Dylan sur le mur à droite de la taverne, et je vois soudain la ressemblance avec Allen. C'est presque un autoportrait.

Nous nous asseyons près de la fenêtre.

– Do you guys have enough to pay for this? Allen asks suddenly. I don't even have a dime to my name.

– It's okay, I have money, I reassure him. So. Now you talk.

– It was five or six weeks ago, Allen begins.

– Seven weeks ago, Dylan interrupts.

– Okay, seven weeks ago. I had this raging argument with my dad.

« Argument » ? Ça ne doit pas être pareil qu'en français parce que je ne vois pas ce que pourrait donner un « argument enragé ». Une dispute enragée ? Bon, ils se sont sévèrement engueulés, quoi.

– I was in my third year at law school, Allen goes on. And I'd decided to quit.

To quit ? Quitter ? Arrêter la fac de droit alors qu'il était en troisième année ? J'imagine bien que son père a dû être furieux.

– So he kicked me out.

I frown.

– What does « kicked me out » mean?

– Oh, it means he made me leave the house. *Il m'a mis à la porte ?* he suggests with a strong American accent.

– Okay, I say.

– Right. So he kicked me out, Allen resumes with a smile as if he still doesn't really believe it. I mean, our parents, Dylan fans, hippies. Guys who named me after a poet and Dylan here after a long-haired singer from the sixties! Suddenly go all conservative, and You Will Be A Lawyer, My Son.

– Our dad's a professor of literature, Dylan explains. He loves poets and writers.

– I should never have gotten into law school to begin with, Allen says, shaking his head. I sort of did it to piss them off. You know, my dad wants me to be a poet, so I'll be a capitalist lawyer, earning tons of money. That sort of thing. Anyway, I was really not happy. One day, I just woke up and realised that I was in law school for all the wrong reasons and that I had to get out quick before it all destroyed me.

Je n'ai pas tout suivi. Mais j'ai quand même compris qu'au départ Allen a été en fac de droit pour embêter ses parents, mais que la provocation s'est retournée contre lui et qu'il s'est réveillé un jour en réalisant qu'il devait arrêter ses études avant qu'elles ne le détruisent.

– So I quit, he continues. I was already friends with some of the guys from the collective CityRt. They were the guys who let me paint the wall next door. They kept watch while I painted.

Il indique d'un mouvement de la tête l'endroit où se trouve le portrait de Dylan, portrait dont la réalisation a été rendue possible par la complicité de certains membres du collectif CityRt, si j'ai bien suivi.

– They've got a warehouse out in the Minettas. They let me crash out there, since dad kicked me out.

Il dort dans un entrepôt ? Une fois de plus, je pense à Jean-Michel Basquiat et à la manière dont il a rejoint The Factory, le collectif qui gravitait autour d'Andy Warhol, quand son propre père l'a mis à la porte.

– It's cool, says Allen, seeing my expression. There are beds and sleeping bags, a kitchen, a shower. Really, it's okay. And the guys aren't into drugs. It's just that... well... I miss Dylan.

He ruffles his little brother's hair and smiles at him.

– The thing is, you know, I never imagined dad would actually kick me out, he says thoughtfully. I knew he'd be a bit mad at losing the money he'd invested in my education, but...

He sighs.

– Anyway. When mum said you'd be coming over, I was supposed to go to Paris to meet you and bring you back to New York, he said to me.

Je me souviens en effet que quelqu'un devait au départ venir me chercher, mais moi je préférais de loin voyager seule.

– I was going to spend a week in Paris, Allen continues. It was my birthday present. Go to Paris, visit the museums. Officially, anyway. Unofficially, I was hoping to meet Blek le Rat… And then the argument happened. I already had the airplane tickets – cheap and thus not refundable. And I guess mum and dad just forgot to cancel the hotel. So I went to Paris, saw the exhibitions, met people, and I was at the airport looking for you when you arrived.

He sighs again.

– I guess the idea I had was to ask you to talk to my dad, to make him see sense. But then, when I saw you, I just couldn't talk to you. Not like that. I mean, I didn't know you at all, I didn't even know if you'd understand English, let alone understand the situation.

I wait, but Allen doesn't elaborate. Je pense à ma mère qui dit toujours que savoir s'excuser est un art essentiel et bien trop rare. Je demande bêtement :

– Why don't you just phone and say « I'm sorry » ?

– Because I'm not! Allen declares. I'm not a bit sorry for what I did. I've never been happier. Saying sorry is like admitting defeat. I'll have to go back to school, forget all my dreams. I don't want to go back to law school. I've got my first commission, he adds. The owner of the *Cafe Wha?* wants me to do a series of portraits of all the famous artists who've performed there. Things are happening for me. So you see, Callie, I can't say I'm sorry. But I sure to hell wish my dad could. I wish at least I could see Dylan, take him to the warehouse, let him meet my friends... So will you help us? For Dylan's sake?

Chapter Ten

HE'S MY BROTHER

J'ai toujours eu un faible pour le chantage affectif. Bien utilisé, c'est une arme redoutable. Et Allen s'en sert avec un grand savoir-faire, juste ce qu'il faut de sincérité et de candeur pour emporter toute résistance.

Le serveur nous apporte nos boissons. Dylan a commandé un milk-shake, moi un Coca et Allen une bière. Nous restons silencieux tandis que les verres sont déposés sur la table ; cela me donne un temps de répit pour organiser mes pensées.

– I think your dad is still angry with you, I say to Allen. If I tell him he must say sorry, I think he'll tell me to mind my own business. I think we need to find somebody who can persuade him to think differently.

Je dois avouer que j'y ai déjà réfléchi. Depuis le début, je trouve la famille Gardner louche, genre mégasecret de famille inavoué, et entre Diana que j'ai surprise en train de pleurer devant une photo de street art et Dylan qui ne voulait pas que je voie de près l'œuvre en question, j'avais à peu près débrouillé l'énigme avant même l'apparition inattendue du fils aîné. J'avais même déjà commencé à me demander qui, parmi mes maigres ressources humaines à New York, pourrait m'aider à soigner cette blessure familiale.

Et j'ai pensé à Sue Ann, bien sûr. Elle est plus âgée que Diana et Frank (ça compte), elle connaît Bob Dylan aussi bien qu'eux, apprécie le street art, et j'ai un bon feeling avec elle. Je sais qu'elle est gentille.

– I think I have an idea, I say.

And I send a tweet to Sue Ann.

Kali @Kali Something to ask you. Can I come round?

– Who is it? Allen asks.

– The lady on the plane. The lady I gave my Twitter address to. The Twitter address you heard me give her, I add with a look to say he was spying on me.

– I'm sorry, Callie, he says with a smile. But I didn't know if I could trust you. I needed to speak to Dylan first, so he could tell me what you were like.

– You still don't know if you can trust me, I remark.

– Yes he does, says Dylan firmly. I told him we can trust you. You're a good person, Callie.

My telephone saves me from blushing, but my cheeks are hot. The tweet is from Sue Ann.

SueAnnV @Suann Of course, come right over.
21 Astor Place.

– It's a twenty minute walk from here, says Allen when I show him the address. Tell her we'll be there in half an hour.

Kali @Kali We'll be with you in 30 mins.
Thanks

We finish our drinks and go back out onto the streets of the island of Manhattan. À force de parcourir l'île de long en large depuis deux jours, je commence à avoir une idée assez précise de sa géographie. Manhattan est une île bordée par le fleuve Hudson à l'ouest et East River à l'est. L'île de Manhattan fait partie de la ville de New York comme l'île de la Cité fait partie de Paris. On se dirige vers le sud-est. Le soleil au-dessus des toits des immeubles nous réchauffe le visage. Allen marche vite, Dylan trottine à ses côtés, toujours aussi heureux, et moi je suis tant bien que mal.

– Callie, you're the best babysitter I've ever had, Dylan declares as we wait for a red pedestrian light to go green.

– Thank you very much, Dylan, I reply. But I do wish you had told me about your brother to begin with.

– Mum and dad made me promise not to tell, he explains. They don't want people to know. They're ashamed.

« Ashamed » ? Je ne crois pas avoir rencontré ce mot ? Je le saisis rapidement dans mon smartphone et vois apparaître « honteux ». Leurs parents ont honte ? De quoi ?

– Why are they ashamed? I ask.

– Well, this is New York, Allen intervenes. The city of success. What will their successful friends think when they learn that young Allen Gardner, instead of becoming a promising young lawyer, has turned to street art and is living in a warehouse?

Allen's tone is distinctly ironic.

– Bob Dylan also quit studying to become a folk singer, Dylan reminds him. And he's won the Nobel prize for literature.

– Well, I suppose things will be okay if I get rich like Jeff Koons and buy a huge appartment in the Village and invite loads of famous people, Allen says bitterly. But for the moment, I'm living in a warehouse, I've got no money and practically no friends.

– Buff Monster is your friend, I say.

Allen smiles.

– Yes he is. When I asked him to help me lure you into a trap, he said yes straight off. He thinks you're cute.

– He's never seen me, I reply, thinking about the impression I'd had of being observed.

– Yes he has. When you came to see the ice-cream at the *Cafe Wha?*. We were inside the building, looking out of a window. You couldn't see us, but we could see you.

– The *Cafe Wha?* was closed when we came, I point out.

Allen smiles again.

– Not for us. The manager's a friend.

– You see, you have got friends, I insist. Good friends.

Soudain, je me rends compte que je parle anglais depuis cinq minutes presque sans réfléchir. Mon cerveau semble s'y être adapté tout seul. C'est comme s'il avait remplacé un disque dur en français par un disque dur en anglais. Enfin, presque.

– And your parents, I think, are not so much ashamed as...

Je cherche le mot « inquiet » de nouveau, décidément celui-là ne veut pas s'imprimer.

– ... worried, I finish. They are worried about you. They want you to come home.

– But I don't want to go back home, Allen repeats, as we arrive at Sue Ann's flat. I don't even want any money. The CityRt members all contribute a percentage of their earnings to keep the collective working. People share a part of their profits, so new artists can emerge. I'm okay. All I want is to be able to see Dylan. He's not just their son, he's my brother.

Je ne sais pas trop quoi répondre à cette dernière affirmation. Je n'ai pas de frère, je ne sais pas comment ça fait.

Nous avons trouvé l'entrée de l'immeuble de Sue Ann. Je vérifie le nom puis appuie sur la sonnette. Une voix désincarnée annonce que Sue Ann arrive. Soudain, la porte s'ouvre pour dévoiler une cour intérieure de brique sans doute rouge au départ, mais aujourd'hui entièrement recouverte de graffitis et d'œuvres de street art. Je reconnais une fresque de Banksy, une autre de Blek le Rat, une de Buff Monster, plusieurs peintures de Werc, et même, il me semble, une œuvre inachevée de Jean-Michel Basquiat.

I look at Allen. His mouth is open with shock. He can't believe his eyes.

– Oh my God! he says, looking at Sue Ann at last. Are you Sue Ann Vandenberg? Sam Vandenberg's widow?

Sue Ann smiles modestly. Allen turns to me.

– Callie, this lady and her husband practically invented street art. They were the first to collect works and promote artists. We owe them all the recognition we have today. Mrs Vandenberg, I am so honoured to meet you.

Sue Ann keeps smiling.

– Well, if you've quite finished flattering me, young man, you'd better come in.

We walk into Ali Baba's cave of wonders. I don't know where to look first. All the walls are covered in magnificent art work.

– Come upstairs, says Sue Ann, moving towards a steel staircase in the corner of the courtyard. We'll have a drink and you can tell me about whatever it is you want to ask me.

We go up the steel staircase and into a large lounge. There are paintings on all the walls. There's a sofa and a small table with drinks on it. We sit down as Sue Ann serves us all a glass of coke.

– Now, she says, tell me what this is about.

– It's complicated, says Allen.

Sue Ann laughs.

– Young man, when you get to my age, you'll know that everything worth anything is necessarily complicated.

J'identifie le terme « worth » qui signifie « valeur », et comprends en gros que pour Sue

Ann, tout ce qui a de la valeur est nécessairement compliqué.

– Okay, Allen agrees. Well, I'm Dylan's brother. I was at law school until this October. I dropped out because I want to paint street art. When I told my dad I was quitting college, he went ballistic.

– He didn't approve of your decision, you mean, Sue Ann rephrases with a smile.

Allen nods.

– He said I was immature and irresponsible, and I didn't have the faintest idea what being an artist was about.

– Hmm, Sue Ann murmurs.

Allen parle vite, à présent qu'il est face à une locutrice native, et j'ai un peu de mal à suivre, même si j'ai déjà entendu son histoire une fois. Je suis en train de me dire que « to go ballistic » doit être une expression équivalente à « péter les plombs », lorsque Sue Ann demande à Allen :

– Okay, so what do you want to do now?

– I want to go on with this life I've chosen, he replies immediately. And I want my dad to understand and to accept that, he adds more slowly.

– Well, then you're going to have to help him, says Sue Ann. Meet him half way. Do you think you can do that?

– Half way? Allen explodes. Are you joking? He's the one who's going to have to make the effort here. He's the one who's acting like some kind of South American War Lord.

Je soupire. La réconciliation n'est pas gagnée.

Chapter Eleven

DYLAN THERAPY

Come to me now, you know we're alone,
And life is brief.

As *Tears of Rage* ends, Allen looks up. For the past hour, Sue Ann has been doing what she calls Dylan Therapy.

– I know you know all Dylan's songs, she said to Allen an hour ago. But now, I want you to really listen to the lyrics. Bob Dylan's not just a son. He's also a father.

Pour la première fois, en écoutant (et lisant) les paroles des chansons qui s'enchaînent, je comprends (entre autres raisons, sans doute) pourquoi Bob Dylan est si important pour des générations d'Américains (et d'humains tout court). Ses chansons sont subtiles, justes, sans jugement. Elles disent le monde tel qu'il est, dans toute sa complexité. Nous avons écouté *The Times They Are a-Changin'* et *Subterranean Homesick Blues*, des chansons qui parlent de la difficulté de s'entendre entre parents et enfants. Je télécharge les paroles pour être en mesure de comprendre et j'ai l'impression que Bob Dylan me parle à moi aussi. Même si, avec mes parents, c'est loin d'être la guerre ouverte comme chez les Gardner.

– You know, Allen, Sue Ann goes on, you remind me of a certain young man called Jean-Michel Basquiat.

Je hoche la tête. Je ne suis pas la seule à avoir reconnu en Allen quelque chose du jeune artiste haïtien, souvent considéré comme le fondateur du street art.

– He left his family too because they didn't understand him, Sue Ann says softly. His father kicked him out because he quit high school. He was a brilliant young man, very intelligent, very gifted. He found a surrogate father in Andy Warhol, but when Andy died, Jean-Michel couldn't handle the loss of two fathers. He died of a heroin overdose. Being at war with your family is difficult. It takes a lot of energy out of you. It makes you fragile.

Allen is silent for a while. Then he sighs.

– Okay, Mrs Vandenberg, but my father's as mad at me as I am at him. He's never gonna understand, let alone accept what I'm doing.

– He's a Bob Dylan fan, isn't he? she asks.

– Yes, sure, but Dylan speaks to us all in different ways. You read what you want into his poetry.

– Oh, sometimes he can be quite clear, Sue Ann affirms. Here, read this.

She goes to a bookshelf and takes down a large book entitled *Chronicles. Volume One.*

– This paragraph, she says, pointing to a page. Read it out loud.

– *My father was the best man in the world and probably worth a hundred of me,* Allen reads. *But he didn't understand me.*

– Would you say that about your father? Sue Ann asks.

Allen thinks for a moment, then answers :

– Yeah. I guess so.

– Then that's all you have to say. But you have to say it to him. Face to face.

– Man to man, says Allen, but he's smiling.

– Don't go home, Sue Ann suggests. Don't call or warn him. Just go to the university, find out where he's teaching. We'll wait here for you.

Tandis qu'Allen part mener à bien sa mission de réconciliation avec son père, Sue Ann continue de nous parler de Bob Dylan, et de ses chansons qui peuvent faire grandir en douceur ceux qui les écoutent.

– What is so great in Dylan, is his ability to see two sides of any situation, she says. He wasn't one of those violent songwriters like Jim

Morrison. Dylan gave us hope and light and a positive outlook on life. He made us less angry, and that's good.

Soudain, je comprends que Sue Ann ne parle plus de Dylan mais d'elle-même, de sa jeunesse. Je jette un coup d'œil au jeune Gardner qui semble boire ses paroles.

– It's true that the late sixties was a time of freedom, Sue Ann is saying. But it was also a time when a lot of families were breaking apart. Dylan knew that family is important. You may not agree with your parents all the time, but they are still and will always be your parents, and no amount of anger will change that. Dylan reminded us that parents grow old and die, and he reminded our parents that children grow up and move away. It's just the way things are, and no amount of anger will ever change that.

Je n'avais pas vu Bob Dylan comme un philosophe zen du fossé générationnel, mais je commence à comprendre pourquoi on lui a attribué le prix Nobel. Les textes capables de tisser des ponts entre les générations ne sont pas si courants que ça.

– Well, says Sue Ann after a long silence. While we wait for the Prodigal Son's return, shall I show you around my own private gallery?

– Oh, yes please! Dylan and I say together.

Ainsi, pendant une heure, Sue Ann nous montre et commente trente ans d'art contemporain. Non seulement elle décrypte pour nous certaines œuvres difficiles, mais elle épice son récit d'anecdotes concernant les artistes, comment elle et son mari les ont rencontrés, comment ils ont choisi et acheté cette œuvre en particulier, comment la négociation s'est faite…

– Jean-Michel sold us that one himself, she says pointing to a canvas representing a black human-like figure surrounded by a red and green line. It's called *Flexible*. In fact, we wanted to buy a different work, but Jean-Michel said : « No, buy that one, it's important. It's Africa, and at the same time, it's humanity, human kind, a sort of universal Bob Dylan if you like. »

That's why we bought it, she adds, turning to us. Because Jean-Michel thought his African griot-like figure resembled the Jewish American singer songwriter who could see both sides of the picture. Do you understand?

La dernière question s'adresse à moi. Je hoche la tête, émerveillée devant tant de chefs-d'œuvre. Je me demande comment Allen s'en sort dans sa tentative de réconciliation. Je ne suis pas la seule. Dylan arbore une expression rêveuse et inquiète. Il écoute Sue Ann, mais visiblement une partie de son attention est avec son frère.

Soudain, mon téléphone émet un petit bip. J'ai à peine besoin de regarder.

Rata2ee @Rata2ee Going to have dinner with dad. Don't wait. Will call later.

I reply immediately.

Kali @Kali Bon appétit!

– Allen's going to have dinner with your dad, I announce to Dylan. He says not to wait for him.

– Hey! That's a good idea, Sue Ann exclaims. Let's go have dinner together.

– What about my mom? Dylan asks. Shouldn't we tell her what's happening?

– Why don't we invite her to come with us? Sue Ann suggests. Now, where shall we go for dinner? Perhaps the *Cafe Wha?* would be fitting.

I phone Diana who joins us at the restaurant. She's smiling and she looks really happy.

Elle me fixe longuement.

– I don't know what you did or how you did it, Callie, but thank you. It must be the French touch.

Je hausse les épaules.

– It's not me, it's Bob Dylan.

– The Bob Dylan touch, then, Diana agrees. I couldn't believe it when Frank rang to say he was having dinner with Allen. And when I asked when and how, Frank said it was thanks to you. So, again, thank you.

– Thank your son, I reply with a wink at the younger brother. He didn't break his promise to you, but he still helped me to understand what the problem was. And thank Sue Ann for being the perfect ambassador for Dylan philosophy. And Bob Dylan himself, of course.

– I think I should thank everyone, in that case, says Diana. What a shame it's not Thanksgiving. Hey! That's an idea! Why don't we have an early Thanksgiving?

Chapter Twelve

AN EARLY THANKSGIVING

Maybe I should explain Thanksgiving. Thanksgiving is BIG in the United States. Even bigger than Christmas, and not as religious. It's also typically American. Historically, Thanksgiving is the celebration of the first year the American settlers spent on the American continent. The settlers had left Europe because of religious persecution and gone to start a new life in America. When they arrived, in the spring, they had planted vegetables and cereals. The first summer, they had watched them grow, and in the autumn they had enough vegetables and cereals to survive the cold winter. So they thanked God and had a meal with the Indians who had helped them. It was the first Thanksgiving. Nowadays, it's sort of thanking your friends and family, and being grateful that you have food and a home and people you love.

Usually, Thanksgiving is celebrated in America on the fourth Thursday of November. Today, it's the first Thursday of November, so we're three weeks early, but everybody says it doesn't matter. If Franklin Delano Roosevelt could change the date of Thanksgiving, so can we.

Diana has cooked a big, fat turkey, and Dylan and I have made a pecan pie. Sue Ann has brought a bottle of French champagne. Allen is showing his work to his dad. Bob Dylan is playing in the background.

Allen looks up and our eyes meet. I smile. He silently mouths « Thank you » at me, and I nod, meaning it's fine.

Diana stands up with her champagne glass in her hand.

– I'd like to propose a toast, she says. To my two wonderful sons, to my patient and understanding husband, and to our precious friends, Sue Ann and Callie.

We all drink. Well, Dylan drinks a coke instead of champagne, but we all raise our glasses to family and friendship.

Sue Ann keeps looking at her smartphone. Suddenly, it buzzes and she smiles.

– I've got a surprise for you all, she says. Outside. Come with me.

We all follow Sue Ann out onto the street. We cross the road, then she says :

– Okay, turn around now.

There's a mural painting on the wall of the Gardner's building. It's a painting of old men, young men, boys and babies. It says : *Fathers and Sons, Remember Bob Dylan.*

Allen is amazed.

– Who did this? he asks.

Sue Ann smiles knowingly.

– Your friends, she says. They were really worried about you, and they're happy to see you back with your family.

She sends a quick tweet on her phone, and from the corner of the street, seven artists with paint cans come towards us. I can't believe it! These are the artists I dreamt of meeting, and here they are, all together in front of me!

Sue Ann introduces them to Diana and Frank. Buff Monster, TrustoCorp, Werc, Dasic Fernández, Owen Dippie, Jorit Agoch and Eelco « Virus » Van den Berg...

I look at Sue Ann and at Eelco.

– Van den Berg, I repeat.

She smiles.

– Oh, it's quite a common name in the Netherlands. It means « from the mountain », not that there are a great many mountains in Holland! she adds.

– You're right, though, Eelco says with a smile in my direction. I'm her son. So she has a lot of first-hand experience dealing with father and son stupidity. If my father were here, he'd probably tell you of a few times when mum had to negotiate between dad and me. And although my father's dead, we were good friends in the end, so I have no regrets. When she told us about Allen, we were all happy to help.

– And I've got another surprise, Sue Ann says, looking like the cat who ate the cream. Tonight. I want to see everybody at the *Cafe Wha?* at ten sharp.

In fact, it's eleven o'clock when the owner makes the announcement. Dylan is nearly asleep on my shoulder.

– Ladies and gentlemen, friends and associates, there's somebody here tonight you all know – at least from reputation. His first professional gig was in this very room, and now he's gotten the Nobel prize for literature. Ladies, gents, girls and boys, please welcome Bob Dylan!

The whole restaurant screams, Dylan wakes

up at the sound. We can't believe our eyes. Is this really Bob Dylan? We look at each other, amazed, and then smile. It's kind of logical, after all.

There are five people to say goodbye to me at the airport. Sue Ann tells me she'll be in Paris next month and insists I must come to an exhibition she's organizing. Diana invites me to New York for the New Year. Frank promises to enquire into art schools in New York and to help me get into one if that's what I want. Dylan keeps saying I'm the best babysitter he's ever had. Allen just looks at me. Then it's time to go.

As I move to my seat on the plane, my phone buzzes.

Rata2ee @Rata2ee Uwill cum bak won't U?

I smile.

Kali @Kali Try and stop me!

Crédits :

Chansons

Pages 22 et 25 : Extraits de *Blowin in The Wind*, Bob Dylan © Warner Bros. Inc., 1962

Page 75 : Extrait de *Talkin' New York*, Bob Dylan © Duchess Music Corporation, 1962, 1965

Page 86 : Extrait de *Tomorrow Is A Long Time*, Bob Dylan © Warner Bros. Inc., 1963

Page 105 : Extrait de *A Hard Rain's A-Gonna Fall*, Bob Dylan © Warner Bros. Inc., 1963

Extraits de *Don't Think Twice, It's All Right*, Bob Dylan © Warner Bros. Inc., 1963

Extrait de *Bob Dylan's Dream*, Bob Dylan © Warner Bros. Inc., 1963, 1964

Page 107 : Extrait de *Avanie et Framboise*, Boby Lapointe © Boby Lapointe, 1960

Page 127 : Extrait de *Tears Of Rage*, Bob Dylan © Dwarf Music, 1968

Livres

Page 56 : Extrait de la quatrième de couverture de *On the Road with Bob Dylan*, Larry Sloman © Three Rivers Press, 1978

Page 58 : Extrait du premier chapitre de *On the Road with Bob Dylan*, Larry Sloman © Three Rivers Press, 1978

Page 130 : Extrait de *Bob Dylan Chronicles*, volume 1, Bob Dylan © Simon & Schuster, 2004

L’auteur

Stéphanie Benson est née à Londres en 1959. Arrivée en France en 1981, elle publie son premier roman pour adultes en 1995, puis se lance dans le roman policier jeunesse aux éditions Syros (*L’Inconnue dans la maison*, *La Disparue de la 6e B*, *Une Épine dans le pied*, *Shooting Star*...). Aujourd’hui auteur de plus de cinquante romans pour petits et grands (dont la série *Epicur* au Seuil), elle écrit également des nouvelles, de la poésie, ainsi que des pièces de théâtre dont des pièces radiophoniques pour France Inter et France Culture, et des scénarios pour la télévision. Parallèlement à sa vie d’auteur, elle est maître de conférences en anglais et didactique à l’université Bordeaux-Montaigne.

Pour choisir son roman Tip Tongue

/ 8-10 ANS / DÈS LE CE2-CM1-CM2 / A1 INTRODUCTIF

• ANGLAIS

Jeanne et le London Mystery
CLAUDINE AUBRUN
ET STÉPHANIE BENSON
LONDRES (Angleterre)

Florimond à la recherche du Oxford Treasure
YVES GREVET
OXFORD (Angleterre)

Blanche-Neige et la Magic Frog
STÉPHANIE BENSON

Boucles d'Or et les Strange Bears
STÉPHANIE BENSON

Valentin et les Scottish Secret Agents
CLAUDINE AUBRUN
ET STÉPHANIE BENSON
ÉDIMBOURG (Écosse)

Jeanne et le Fake London Manuscript
CLAUDINE AUBRUN
ET STÉPHANIE BENSON
LONDRES (Angleterre)

☺ ☺ ☺ ☺ / 10-12 ANS / DÈS LE CM2-6e-5e / A1 DÉCOUVERTE

• ANGLAIS

Hannah et le trésor du Dangerous Elf
STÉPHANIE BENSON
DERRY (Irlande)

Tom et le secret du Haunted Castle
STÉPHANIE BENSON
AIRTH (Écosse)

Noah et l'énigme du Ghost Train
STÉPHANIE BENSON
DUBLIN (Irlande)

Qui a vu le Phantom of the Opera?
CARINA ROZENFELD
SYDNEY (Australie)

La malédiction du Welsh Red Dragon
STÉPHANIE BENSON
ABERGAVENNY (Pays de Galles)

Wiggins, Sherlock et le Mysterious Poison
BÉATRICE NICODÈME
LONDRES FIN XIXe

• ALLEMAND

Martin et la Mysteriöse Kreatur
ROLAND FUENTÈS
MITTENWALD, HEIDELBERG (Allemagne)

Quatre fantômes im neuen Berlin
ROLAND FUENTÈS
BERLIN (Allemagne)

• ESPAGNOL

Thomas et le misterio Dalí
GILLES FONTAINE
CADAQUÈS (Espagne)

😊😊😊○ / 12-14 ANS / DÈS LA 5e-4e-3e / A2 INTERMÉDIAIRE

• ANGLAIS

Peter et le mystère du Headless Man
STÉPHANIE BENSON
SAINT STEPHEN (Angleterre)

Lilith et la vengeance du Dark Magician
STÉPHANIE BENSON
LONDRES (Angleterre)

Alex et le rêve de la New York Star
STÉPHANIE BENSON ET JAKE LAMAR
NEW YORK (États-Unis)

Hélène et les Disappearing Gamers
NICOLAS LABARRE
PARIS (France)

Lucas et la Chick Team
MAÏTÉ BERNARD
NASHVILLE (États-Unis)

Zoé et l'élixir of Eternal Life
HERVÉ JUBERT
BRIGHTON (Angleterre)

• ALLEMAND

Emma et la japanische Mangaka
ISABELLE COLLOMBAT
LEIPZIG (Allemagne)

Mathéo et la tolle Mädchen
MYRIAM GALLOT
FRANCFORT-LANDENBURG (Allemagne)

• ESPAGNOL

Benoît et la bande de los Moteros
MAÏTÉ BERNARD
IBIZA (Espagne)

Tournage al Alcázar de Sevilla
LAURENCE SCHAACK
SÉVILLE (Espagne)

Je suis un verdadero Argentino !
LAURENCE SCHAACK
BUENOS AIRES (Argentine)

☺☺☺☺ / 14-16 ANS / Dès la 3e-2nde-1re / B1 SEUIL

• ANGLAIS

Hidden Agenda
CHRISTOPHE LAMBERT ET SAM VANSTEEN
SAN FRANCISCO (États-Unis)

La traversée du Time Tunnel
STÉPHANIE BENSON
EPSOM (Angleterre)

Dylan Dilemma
STÉPHANIE BENSON
NEW YORK (États-Unis)

Découvrez aussi... Tip Tongue JOURNAL

8-10 ANS
DÈS LE CE2-CM1-CM2
A1 INTRODUCTIF

10-12 ANS
DÈS LE CM2-6e-5^{e}
A1 DÉCOUVERTE

Des romans dessinés qui passent petit à petit en anglais.

ET SI TOI AUSSI TU ÉCRIVAIS UN JOURNAL IN ENGLISH?

12-14 ANS
DÈS LA 5e-4e-3^{e}
A2 INTERMÉDIAIRE

14-16 ANS
Dès la 3e-2nde-1re
B1 SEUIL

Loi n° 49-956 du 16 juillet 1949
sur les publications destinées à la jeunesse,
modifiée par la loi n° 2011-525 du 17 mai 2011.

Mise en pages : DV Arts Graphiques à La Rochelle
N° éditeur : 10282909 – Dépôt légal : mai 2017
Achevé d'imprimer en avril 2022
par Dupliprint (53100, Mayenne, France).
N° 2971394Y

IMPRIM'VERT

FSC
www.fsc.org
MIXTE
Papier issu de sources responsables
FSC® C022030